AS FANTASIAS ELETIVAS

CARLOS HENRIQUE SCHROEDER

AS FANTASIAS ELETIVAS

7ª edição

EDITORA RECORD
RIO DE JANEIRO • SÃO PAULO

2018

CIP-Brasil. Catalogação na publicação
Sindicato Nacional dos Editores de Livros, RJ

	Schroeder, Carlos Henrique, 1975-
S412f	As fantasias eletivas/Carlos Henrique Schroeder. –7.ed.
7.ed.	– Rio de Janeiro: Record, 2018.
	ISBN 978-85-01-04114-2
	1. Romance brasileiro. I. Título.
	CDD: 869.93
14-12454	CDU: 821.134.3(81)-3

Copyright © Carlos Henrique Schroeder, 2014

Projeto gráfico: Carolina Falcão

Texto revisado segundo o novo Acordo Ortográfico
da Língua Portuguesa.

Direitos exclusivos desta edição reservados pela
EDITORA RECORD LTDA.
Rua Argentina, 171 – 20921-380 – Rio de Janeiro, RJ – Tel.: (21) 2585-2000

Impresso no Brasil

ISBN 978-85-01-04114-2

Seja um leitor preferencial Record.
Cadastre-se em www.record.com.br e receba
informações sobre nossos lançamentos
e nossas promoções.

Atendimento e venda direta ao leitor:
mdireto@record.com.br ou (21) 2585-2002.

Para Joana Corona,
in memoriam

CAPÍTULOS

S de sangue, 11

A solidão das coisas, 69

Poesia completa de Copi, 93

As fantasias eletivas, 103

"A literatura é uma defesa contra as ofensas da vida."
CESARE PAVESE

"...fugindo mas buscando a morte,
buscando mas fugindo à obra..."
HERMANN BROCH

S DE SANGUE

A.

Chegou rubro ao banheiro, lavou o rosto, olhou-se no
espelho. Precisava se controlar, não podia colocar
tudo a perder de novo, ela não merecia. Mas era como
uma chave de fenda, que ia fundo, dilacerando o peito. E
chorou mais uma vez, por ser fraco, por não controlar esse
monstro, por não estar curado. Seria esta a palavra correta,
curado? Como se cura algo que é de sua natureza? Como
se separam óleo e água depois de misturados? Estragara
sua vida de tal maneira havia alguns anos que, quando
se entregou para o mar, nem as ondas o quiseram, e
uma onda furiosa o devolveu para a areia. Cuspido pelo
mar e pela morte, lhe restava levantar e caminhar. Será
que ela estaria lá ainda? Ou se fora, como muitas? Podia
escutar o burburinho das conversas no restaurante: alguns
casais falando alto, uma música brega ao fundo, o ruído
dos garçons grosseiros recolhendo os pratos, a gritaria
da cozinha. E olhou mais uma vez no espelho, agora os
olhos injetados precisavam voltar à mesa, e ele precisava
ser gentil, brilhar, e esquecer que pessoas se olham, que
o desejo nem sempre é recíproco. Lembrou de sua mãe
e da primeira vez que sentiu ciúmes, quando seu irmão
mais velho ganhou o melhor presente do pai, o maior

carinho da mãe. Tudo isso foi há muito tempo, num Natal qualquer. E muitos anos depois, ao pensar nesse Natal, entendeu que a vida era uma coleção de derrotas e vitórias emocionais que se empilhavam atrás do ego.

Ela ainda está na mesa, quieta, mas tamborilando os dedos, parece preocupada. Ele engole em seco, forja seu melhor sorriso e vai até ela. Se desculpa com uma mentira qualquer: e ela sabia que ele estava mentindo, elas sempre sabem.

"Está tudo bem agora?"

"Sim, sim, estou melhor, não sei o que aconteceu, acho que fiquei um tanto ansioso, desculpe."

E o babaca da mesa ao lado ainda olhava para ela, o palhaço, o cara estava com a namorada, de mãos dadas, acariciando as mãos da namorada mas olhando para a minha companhia. Por que as pessoas são tão estúpidas?

Muito bem, preciso me recompor, olho no olho, ela deve falar, essa é a regra, esse é o caminho, vamos lá. Eu não quero falar agora, pois sei que falarei a verdade: nasci, cresci, casei, tive um filho, quase matei meu filho e minha esposa, me divorciei, fiquei dois anos bebendo como um louco, tentei me afogar, mas nada disso me pareceu grandioso, heroico, sedutor. Mas ela me fala coisas maravilhosas, de quando dançava, e eu adoro mulheres que dançam, e ela me conta como foi uma estudante aplicada, e que é ciumenta. Em tom de brincadeira eu pergunto o quanto ela é ciumenta, ela sorri e nem sabe como isso é importante para mim.

B.

Mal saiu do hotel, guardou o crachá no bolso traseiro e tirou a camisa de dentro das calças, afrouxou o cinto e abriu mais um botão da camisa. Atravessou a avenida do Estado em dois fôlegos, andou quatro pequenos quarteirões e entrou na rua Paraguai. Respirou fundo, pois faria quase dois quilômetros por uma rua com pequenas subidas, até chegar onde morava, na rua Paquistão, no bairro das Nações. Havia trabalhado a noite toda, estava cansado, e desta vez não tinha dinheiro para pagar um mototáxi. Era inverno, e os invernos eram sempre duros com ele e para ele. Seu uniforme, composto de uma camisa de poliéster bege (que não o deixava transpirar e criava uma cachoeira que escorria de suas costas e empoçava sua cueca) e uma calça vermelho-cardeal (também de poliéster, que assava suas coxas), fazia com que amaldiçoasse diariamente quem projetou ou teve ideia de fazer um uniforme cem por cento poliéster. Que lhe dessem uns sacos de lixo de uma vez, pensava. Aquele uniforme definitivamente não combinava com um homem de trinta e quatro anos. Aquilo não era decente, e atravessou a avenida Palestina, meneando a cabeça negativamente, mas já pensando em pendurar um macarrão e alho no Mercado Passarinho, que ficava perto de sua casa. As únicas duas coisas que ele sabia cozinhar eram macarrão ao alho e óleo e arroz com legumes. Intercalava esses pratos, e nunca enjoava. É o que se tem, é o que se faz. E enquanto pensava no cheiro do alho, logo após passar a Escola Municipal Presidente Médici, escutou seu nome.

"Ei, Renê!"

Olhou para trás e viu um rapaz magro, de cabeça baixa, usando uma camiseta surrada e um boné que lhe cobria os olhos. E quando viu a faca na mão, o desconhecido já estava a um metro. Renê deu um passo para trás e virou-se rapidamente para o lado, e sentiu uma terrível ardência na barriga, como um corte mergulhado em álcool. Viu a faca cair no chão: era de cozinha, aquelas pequenas, de serra. Queriam mesmo machucá-lo. E aí viu os olhos do agressor, não havia dor, não havia raiva.

"É um aviso, um lembrete, mermão, é pá deixá a Seca na dela. Some, sacô?"

Seca. Sacô. Seca. Sacô. Seca. Sacô. As duas palavras ecoaram alguns segundos no ouvido dele, e se misturaram, secô, saca, secô, saca.

C.

E ardia, o corte, ardia a esperança, e Renê não pensou
em pedir ajuda, e o Seca, saco, saca, secô continuou
por alguns instantes, até surgir uma imagem, ou
melhor, uma lembrança de uma tarde de domingo em
que ele apanhara. Fora humilhado (também) por um
estranho, num daqueles domingos em que as pessoas
são geralmente felizes, antes de começar o Fantástico, ao
menos. E aquela humilhação ardia como o corte. Naquela
época, havia vinte anos ou mais, ele se revoltou, apenas
isso, e não entendeu. Aliás, Renê não era muito bom em
entendimentos: tem gente assim, você sabe, seus pais
sabem, seus avós sabem e até alguns cachorros sabem.
Foi o mastigar do tempo que o fez digerir aquele tapa
de mão aberta e o chute, naquele domingo. Ambas as
coisas doeram muito mais no moral do que no corpo, e
geralmente é assim. Não que ele se lembrasse daquele
fim de tarde constantemente, mas era uma imagem viva,
e ao menos uma vez por ano aquilo assaltava sua mente.
Apanhou porque estava bem-vestido, feliz, porque tinha
um tênis bacana, um Commander, a bota que era moda
entre os pré-adolescentes, porque tinha os dentes brancos
e o cabelo não era oleoso, apanhou porque em seus olhos
havia futuro (mal sabiam os agressores que o futuro de
Renê não seria nada glorioso). E, quando esteve olho

no olho com aquele agressor de outrora, viu sua olheira profunda, uma raiva intermitente. E sabia que não devia reagir, não podia, que tudo podia piorar, devia apanhar quieto, ao menos desta vez. E tudo isso num tempo e numa época em que as crianças podiam sair de casa sozinhas. Quantos anos ele tinha? Doze, treze, quatorze? Tinha uma namorada, isso sim, a Lúcia, que morava a quinhentos metros de sua casa. Bastava cruzar a Terceira Avenida e pronto, estava lá, na casa de Lúcia. Também lembrava que a mãe de Lúcia era bonita, e brava.

E naquela tarde eles chegaram, eram quatro e, embora magros, eram altos e tinham os olhos fundos, foi a primeira vez que ele viu alguém com olheiras. Estavam malvestidos, descalços. Não disseram nada, passaram a mão na bunda das meninas, deram um soco no olho do Waldir, uns safanões no Humberto, e ele recebeu um tapa bem na rosca do ouvido (que zuniu por horas). E um chute muito forte na perna esquerda. As meninas começaram a gritar e eles foram embora. Mas aqueles garotos não sabiam que Renê era um ferrado também, e a roupa que usava havia ganhado de sua madrinha, naquele dia, inclusive o Commander. Renê lembrou do Commander, era marrom-claro ou verde-claro? E viu o vermelho-escuro empapar sua camisa.

D.

"Como a lua está linda hoje, né?!", disse ela.

"Pois então, a lua sempre parece mais bonita aqui na praia, não é?"

Maria sabia que o papo era furado, e pensou: Por que sempre falamos da lua quando não temos nada para falar? (Será a lua a rainha dos pensamentos descontrolados, do constrangimento dos casais em formação?)

Renê disfarçava o estrago que a tainha fizera em seu estômago: uma azia terrível e uma imensa vontade de arrotar, que era contida através de pequenos arrotinhos disfarçados com a mão. Definitivamente, os peixes nunca lhe faziam bem. Mas os primeiros encontros eram feitos para impressionar, então um peixe (uma tainha era o que ele podia pagar, nem pensar numa garoupa ou num robalo) e um vinho branco nacional (os argentinos e chilenos eram mais caros) deviam surtir algum efeito, ao menos era o que dizia aquela revista masculina famosa que ele folheara no consultório do dentista (pago pelo Sindicato dos Empregados do Comércio Hoteleiro e Similares de Balneário Camboriú). Ela também não gostava de peixe, e achava, na verdade, que era uma comida de fracos (provavelmente esta era uma opinião de seu pai, ou de seu avô, que ela repetia silenciosamente, no eco de seu pensamento interior), pois carne de verdade era a de porco: pernil, costelinha, chuleta. Mas isso não era algo para se dizer no primeiro encontro, claro.

"Você acredita no destino, nessas coisas, Renê?" E tão logo disse se sentiu estúpida, uma verdadeira especialista em papos-furados.

"Sinceramente, não sei, muitas vezes sim, mas aí também imagino que, se há destino, deve haver alguém comandando, e aí tudo me parece sem sentido, uma piada de mau gosto."

Ela ficou em silêncio e continuaram caminhando. Renê pensou que devia ter sido mais sutil, talvez mais romântico, mas já tinha trinta e poucos anos e muita desgraça e amargura nas costas para ficar de blá-blá-blá sobre o destino. Pois se havia uma linha traçada, um roteiro de sua vida, ele gostaria de encontrar este roteirista, e dar um soco no nariz e um pontapé na virilha do calhorda. Caminharam por um bom tempo em silêncio, da praça Almirante Tamandaré até a avenida Alvin Bauer, mas não estavam tristes ou descontentes com o rumo da noite, ela pensava no significado da palavra destino, e em como acreditava nela, e que mesmo aquela noite, que podia frutificar e evoluir para um relacionamento ou ser simplesmente mais um de tantos encontros ridículos que teve, também estava na sua linha do tempo. Maria chamava a atenção dos que passeavam pelo calçadão, seus cabelos escuros e lisos, seu nariz aquilino e sua pele alva não negavam sua ascendência italiana (seus bisavós vieram de Trento, no norte da Itália, como outros milhares de famílias que povoaram o oeste catarinense). E quem olhasse para Maria imediatamente era fuzilado pelo olhar colérico de Renê, que não via a hora de se livrar dela para tomar uns dois antiácidos e tentar dormir, negociar com o sono, essa mercadoria preciosa. Este era seu primeiro dia de folga depois de quatro meses sem um dia livre sequer, e, embora gostasse muito da companhia de Maria, a tainha realmente havia acabado com ele, mais uma vez.

E.

Nada é tão desolador quanto uma madrugada semideserta de uma segunda-feira de agosto numa cidade litorânea: cães, o frio e o vento nas ruas. E você está isolado num edifício de seis andares, onde tudo range, onde o vento se infiltra em todos os lugares e assovia, avisa que você nunca está sozinho.

Ele passou álcool em todo o balcão da recepção. Gostava disso, de ver o álcool serpentear o granito verde-candeia enquanto perseguia o líquido com seu pano. O pessoal da recepção o apelidou de Mister Álcool, tamanha sua eficácia e paixão por deslizar pelo balcão e, claro, pelo consumo desenfreado do líquido. Mas agora não existia mais "o pessoal" da recepção, era apenas ele, que cumpria o turno das onze da noite até as sete da manhã.

"Posso pensar no assunto?"

"Pode, claro, mas veja bem, estou lhe oferecendo uma possibilidade de crescimento, seu salário vai aumentar."

"Sim, eu sei, agradeço o convite, seu Afonso, mas só quero pensar com calma no assunto."

"Só colocamos no turno da noite quem consideramos de extrema confiança."

"Obrigado pela confiança, só quero pensar um pouco, amanhã já respondo."

"Certo, mas pense com carinho, acho que você é a pessoa certa para o turno."

"E o Rodrigo, vai para outro turno?"

"Não, teremos que dispensá-lo. Bom, você sabe, ele já está há algum tempo conosco, precisamos renovar nosso quadro de funcionários."

"E o Maykon?"

"Também."

Renê entendeu bem o que estava acontecendo: ou ele aceitava o turno da noite ou seria demitido. E teria que bater na porta de outro hotel, e aí começaria com um salário menor, com menos mordomias. E, numa cidade essencialmente turística como Balneário Camboriú, sem indústrias, só havia quatro caminhos: ser vendedor de alguma loja, garçom, trabalhar num hotel ou arrumar uma teta na prefeitura. Ele já havia tentado ser garçom, mas era muito desajeitado e com pouca paciência para as bebedeiras alheias, tendo sido despedido duas vezes por arrumar encrenca com os clientes.Trabalhou também numa loja de artigos para a casa, a Decorhaus, no Shopping Atlântico, e nem ele entendeu como pôde durar seis meses lá, sendo o pior vendedor da loja (mas era bom em carregar coisas, principalmente tapetes pesados como pirâmides).

"Então tá, eu fico com o turno da noite, seu Afonso, pode contar comigo."

"Eu sabia que você ia aceitar, sabe que gostamos muito do seu trabalho."

E Renê olhou para a barba branca de seu Afonso, e no meio daquela maçaroca amarelada pela nicotina havia um sorriso franco, e uns dentes estragados, e ele se perguntou por que as pessoas com grana não cuidavam dos dentes.

Mas isso já faz mais de dois anos, e trabalhar no turno da noite mostrou-lhe um caminho diferente, nem melhor nem pior, mas um caminho. Além do mais, não havia muitas vantagens nos outros dois turnos. Quando trabalhou das três da tarde às onze da noite, ia sempre dormir tarde, geralmente depois das duas da manhã, embalado por poderosos drinques de vodca Raiska com Pepsi, e nunca acordava antes das dez da manhã. O horário das sete da manhã às três da tarde, que foi o primeiro em que ele trabalhou, num primeiro momento parecia o mais digno, mas, como recepcionistas nunca folgam (recepcionistas têm o banco de horas mais elástico entre todas as profissões) nos sábados, domingos e feriados, os do primeiro turno nunca podem cair na balada ou dormir muito tarde, pois qualquer desatenção pode lhes custar muito dinheiro no fechamento de um quarto (e é isso que um recepcionista da manhã mais faz: fechar contas).

Renê olhou para o relógio do computador: quatro da manhã. Pegou o álcool e passou pela terceira vez no granito, qualquer coisa para evitar pensar no filho.

F.

"Alô."

"Mãe, sou eu."

"Filho, eu não... Nê, eu já te falei pra não me ligar nesse horário, se teu pai me pega falando contigo..."

"Mãe, não é justo o que vocês estão fazendo comigo..."

"Justo?"

"Eu tenho o direito de falar com ele..."

"Nê, você sabe, não preciso te dizer, você não vai falar com ele."

"Mas mãe..."

"Quando ele for um pouco mais velho, ele vai poder escolher se quer ou não falar com você; por enquanto, nós e a mãe dele achamos melhor que não."

"Mas..."

"Ele é uma criança, Nê, e você não fez bem nem para a mãe dele e nem para ele, você sabe o que fez."

"Eu mudei."

"Duvido, já escutei isso uma vez, e você quase a matou."

"Não..."

"Nê, acho melhor você não ligar mais para cá, deixa que eu te ligo, filho."

"Vocês são a única coisa que eu tenho."

"As pessoas cuidam daquilo que têm, você não cuidou das suas coisas."

"Vocês não vão me perdoar?"

"Vamos, na hora certa, o pastor Marcos falou..."

"Mãe, o pastor Marcos é um picareta... Todo mundo sabe..."

"Não admito que você fale assim do pastor, que tanto nos ajudou..."

"Mãe..."

"Tchau."

Zupt. Tutututututututututututu.

A primeira coisa que Renê comprou quando retornou para Balneário Camboriú foi um sabonete da Turma da Mônica, para sentir o cheiro do seu filho, para ter o cheiro do filho a hora que quisesse. Mas isso já faz alguns anos, e o filho com certeza não usava mais este sabonete. Mas ele, ainda assim, sempre que a saudade, essa serpente venenosa, aperta, cheira o sabonete. Fica por um tempo trancado em seu quarto, cheirando e recordando os poucos anos que desfrutara da companhia do filho.

Os últimos contatos de Renê com o filho foram quando Léo tinha três anos. Foi Renê quem ensinou para o garoto a diferença entre leve e pesado, com duas pedras, uma diminuta e outra um pouco mais pesada, que Léo conseguia segurar com uma das mãos. Também gostava de ensinar as diferenças: "Vovô não tem cabelo, o papai tem cabelo."

E Léo se divertia com isso, sempre acariciando a careca do vovô e os cabelos profusos e cacheados do pai. Renê tinha esperança de que um dia Léo soubesse diferenciar passado, presente e futuro, e o perdoasse.

G.

Sentou na calçada, e olhou para o céu: algumas nuvens esparsas encobriam o sol do inverno cinza. Ele pôde ver o agressor correr e dobrar à direita, na avenida Palestina. A silhueta magra corria de forma desesperada, até estabanada. Era um garoto, que provavelmente não tinha dezoito anos, mas um desses que em breve morreriam de maneira trágica e violenta pela mão de outro garoto. A faca estava no chão, era uma Tramontina com cabo de madeira, ótima para cortar pão. E ele achou engraçado como o sangue não ficou no objeto que o perfurou – apenas um pouco, na serra e no cabo –, mas nele, para lembrar quem era o verdadeiro ferido, quem precisava de socorro. A faca precisava apenas de água e de um pano; Renê, de agentes químicos e intervenção humana. Levar uma facada é uma experiência de extrema violência, pois não envolve apenas vontade e alguns músculos, como um tiro, mas sim uma dança, um arremesso do corpo e o controle da profundidade do corte e do estrago pela mão do agressor. Se o agredido assistisse a toda a cena em câmera lenta, nunca mais dormiria.

Uma senhora gritava sem parar, a plenos pulmões:

"Socorro, socorro, mataram um! Mataram um!"

E logo ele estava rodeado de pessoas, uma ciranda de vozes. Vieram as perguntas, as conversas, de homens, de mulheres e de crianças.

"Você está bem?"

"Consegue se levantar?"

"Tio, tá tudo bem, tio?"

"Posso ver, opa, acho que foi fundo."

"Consegue falar, senhor?"

"Onde você mora?"

"Quer que eu avise alguém?"

"Já chamei uma ambulância."

"Acho que vai demorar."

"Peraí, me ajudem aqui, eu levo no meu carro, não vou deixar alguém morrer aqui, na frente da minha casa..."

Ele não queria falar, não queria responder, não queria nada. A dor maior não era a do corte, era outra, e sempre era resumida como tristeza, mas raramente a palavra cobria o sentimento. Foi de Chevette para o hospital, no banco de trás, praticamente enrolado num lençol e num cobertor velho, para não sujar o carro. E ardia, e estava começando a latejar, e ele não podia deitar e nem sentar, tinha que ficar num meio-termo, para não doer mais. No pronto-socorro ainda teve que aguardar um pouco, estava lotado e tinha gente pior do que ele, sempre tem. Uns motoqueiros sem as pernas, um desavisado que caiu do telhado de casa ou alguém que tomou uns tiros. A primeira palavra que pronunciou desde a facada foi um "ai", quando o colocaram desajeitadamente na maca. O bom cidadão que o levou para o hospital ficou com sua carteira, para preencher a ficha do hospital. E, enquanto via o teto do corredor passando, lembrou do louva-deus. Renê não tinha boas lembranças do hospital, não mesmo. Quando tinha dez anos, ele e seus amigos passavam tardes brincando de chute a lata. A brincadeira era simples, alguém ficava perto de uma lata (geralmente uma lata de óleo Soya), tapava os olhos e contava até cinquenta, enquanto todos se escondiam. Quando terminava de contar, o da lata tinha que achar os escondidos, e eles deveriam ficar próximos da lata, "presos". Mas, nessa procura, o caçador não podia se afastar muito da lata, pois alguém "livre" poderia vir e chutar a lata, e todos os "presos" estariam livres, e o caçador tinha que repor a lata e voltar a procurar todos novamente. Era uma espécie de joão-bobo, em que o caçador passava várias rodadas tentando "prender" todos para ir para o outro lado, para a parte mais divertida. E Renê sempre começava como caçador, pois era o mais pobre da turma, e também o caçula. Numa de suas caçadas, Renê se distraiu e não viu que Rodrigo, o mais forte e violento da turma, se aproximava rapidamente. O caçador correu para encostar em Rodrigo antes que ele chutasse a lata, mas o que realmente aconteceu foi que

Rodrigo chutou a lata em cima de Renê, que conseguiu ainda proteger o rosto com o antebraço. A lata, vazia e semiaberta, fez um pequeno corte no cotovelo de Renê. Dois dias depois, ele não podia abrir e fechar o braço que do cotovelo espirrava pus, ininterruptamente; e, quando começou a vomitar e sentir calafrios, sua mãe pegou um ônibus e o levou para o Hospital Santa Inês. "Um tétano local em clara evolução para um tétano generalizado", ou algo assim, disse o médico. Ficou vários dias internado e passou algumas noites num quarto com desconhecidos. Nunca esqueceu da noite em que chamava e chamava a enfermeira e ela não atendia, e os outros pacientes o mandavam calar a boca. Algum paciente até lhe jogou uma revista no rosto. Havia um imenso louva-deus verde no seu quarto, exatamente sobre a sua cama, no teto. E ele era o menos pior do quarto, mas estava no soro, e fraco, não conseguiria espantar o inseto. E alguém lhe dissera que o louva-deus era altamente venenoso, provavelmente o Marcelo, o metido a sabichão e cascateiro da turma. Foi a primeira noite em que ele não dormiu na vida, com medo do inseto inofensivo.

H.

"Recepção. Boa tarde. Renê."

"Boa tarde. Quem fala é o Cleyton. Do 315."

"Pois não, senhor. No que podemos ajudá-lo?"

"O recepcionista Ariel está aí? Eu gostaria de falar com ele."

"Sim, senhor. Um instante, por favor."

Renê tampa o bocal do telefone.

"Ariel. Pra você. O esquisitão do 315."

"Beleza. Passa aí."

"Ariel. Boa tarde."

"Ariel?"

"Sim."

"Cleyton."

"Pois não, sr. Cleyton."

"Esqueça o senhor."

"Claro, senhor... Desculpe..."

"Esquece. Você tem aí contigo?"

"Tenho."

"Quantos?"

"Oito."

"Ótimo. Posso ver agora?"

"Claro."

"Suba, então."

"Estou indo."

"OK."

"Eu vou ter que ir no 315 arrumar o chuveiro, Renê."

"Sei", disse Renê, desconfiado.

Ariel saiu do balcão da recepção, cruzou o saguão e entrou no elevador. Parou no primeiro andar. Com a mestra abriu a porta do quarto das camareiras, todo andar tem um, é onde se alojam as toalhas, roupas de cama, papel higiênico. De trás de um monte de toalhas limpas, catou uma sacola grande, pegou novamente o elevador e foi ao 315.

Três batidas na porta.

"Pode entrar."

"Com licença, sr. Cleyton."

"Entre, filho, fique à vontade."

"Eu não gosto de usar a campainha, é um tanto estridente, não é?"

"Parece a trombeta do apocalipse."

Cleyton é um daqueles senhores de idade indefinida, aparenta ter entre cinquenta e cinquenta e cinco anos, mas bem pode ser um setentão bem-conservado. Calvo, magro, óculos fundo de garrafa, sempre de terno e gravata.

"Queres um refrigerante, alguma coisa?"

"Não, senhor, obrigado."

"Deixe o senhor de lado, eu já disse."

"É o costume, senhor."

"Está bem, deixa pra lá, deixe-me ver o que você tem pra mim."

Da sacola Ariel tirou oito álbuns de fotografias, alguns com capa de couro, outros de plástico.

Cleyton olhou rapidamente cada um dos álbuns.

"Espero que o senhor tenha gostado."

"Muito bom, garoto, muito bom, eu fico com os oito."

Cleyton entrega um envelope a Ariel.

"Pode conferir. Quatro mil. Quinhentos por álbum. Como combinamos."

"Nem vou conferir. Confio no senhor."

Pizza? Nós pedimos. Uma coca de brinde e uns pedaços. Nós ganhamos!

Dólar? Peso? Nós trocamos! Querem alugar um carro? Nós ganhamos!

"Eu volto daqui a dois meses. Você pode conseguir mais oito?"

"Claro."

"E tem mais uma coisa, um pouco difícil. Não sei se você pode me ajudar neste caso, a grana é boa."

"O que o senhor precisar".

Numa cidade turística tudo tem preço, informação, prazer, sossego, vingança. E Renê sabia disso, e estava fora dos esquemas mais pesados, pois tinha medo, sobretudo da cadeia. Ariel era o recepcionista que mais fazia dinheiro no hotel, com todos os tipos de negócios. Mas o que vinha se mostrando o mais lucrativo era o ramo da fotografia: tinha um amigo que era técnico de informática, e copiava e imprimia fotos de crianças que pegava do HD de seus clientes. Ele vendia para Ariel, que por fim repassava para clientes do país todo e do exterior. A imagem do desejo. O desejo pela imagem. A cidade de Balneário Camboriú, um aglomerado de prédios em menos de cinquenta quilômetros quadrados, recebia mais de um milhão de turistas por ano na alta e média temporada, e era um dos principais destinos turísticos de Santa Catarina, para sua sorte e desgraça. Era também uma cidade de recomeços, muitas pessoas vinham para a cidade sepultar o passado, como Renê, como Copi.

Ele estava limpando as teclas do computador quando ela chegou e tamborilou as unhas no balcão da recepção.

"Meu nome é Copi, este é meu book."

Entregou um livreto impresso numa gráfica rápida, duas páginas A4 dobradas com fotografias em preto e branco. Ela era bonita, estatura baixa, cabelos lisos e compridos, olhos escuros, magra, e usava um vestido prata, justo. Era argentina, na certa, em uma frase você já reconhecia, e muito direta. Deve ter tirado aquela noite para espalhar seu book, e não queria perder tempo.

"Vinte por cento de comissão, meu telefone está no verso."

Virou as costas e foi embora.

Renê estava acostumado a receber material promocional de acompanhantes, e a recepção tinha uma caixa cheia, com ampla variedade: mulata, loira, japonesa, chinesa, ruiva, negra, duplas, homens, anões.

Quando folheou o material, viu que a bela moça tinha aquilo que seus amigos de recepção sempre chamavam de "palmito na salada", ou seja, um pau. Não deu importância, "mais um traveco", pensou, e colocou o book lá no fundo da caixa.

J.

Os verdadeiros donos das cidades turísticas: os recepcionistas de hotéis. Nada escapa ao controle deles. Eles sabem exatamente o que você vai fazer, conhecem seu tipo, sabem o quanto você é idiota, que tipo de turismo você veio fazer, pois todo turismo tem um fim, e eles são o meio. "A máquina da sauna deve ser ligada às duas; a partir das três vocês podem frequentá-la. A academia, das oito às doze e das duas às vinte. A sala de jogos funciona vinte e quatro horas, as fichinhas custam um real para jogos eletrônicos e um e cinquenta para sinuca e pebolim. A piscina somente até as vinte e uma horas, senão ninguém dorme; à meia-noite limpamos o filtro, fazemos a retroação e enchemos de cloro. Os cinzeiros devem sempre estar limpos no hall de entrada." O que sobrar nos quartos dos hóspedes é das camareiras, o que ficar nas salas e áreas de lazer é dos recepcionistas. Seja amigo dos seguranças do hotel, deixe-os dormir em serviço e comer umas camareiras, esse é o caminho, esse é o caminho.

Você sempre trabalha sábados, domingos, feriados, Natal, Ano-Novo e seus pagamentos são mensais.

Os taxistas sempre no dia primeiro. Três reais por táxi chamado. As putas dão dez por cento do valor do programa, ou pagam em boquetes e rapidinhas; os travestis, vinte por cento, e a michezada, quinze.

Os traficantes pagam na hora, em mercadoria ou dinheiro. Os guias turísticos e os vendedores de pacotes são seus melhores amigos. Você lhes dá as informações: Flechabus. 40 pax. De Córdoba. Sete dias. Comissões. Comissões. Você respira, comissões, comissões.

Vocês vêm de excursão da Argentina? Paraguai? Chile? Uruguai? Ah, você tem de ter o álbum de fotos da cidade, a filmagem de sua visita ao Beto Carrero World, você tem de ir nas boates para turistas, nas lojas indicadas, nos restaurantes, comissões, comissões... Você precisa, você precisa.

K.

Copi. Travesti magra, bonita, bem-vestida e inteligente.
Nível universitário. Ativa e passiva: não decepciona, prazer
além da carne. Atendo com local próprio e sem portaria.

L.

E Renê notou que Copi passava todos os dias na frente do hotel, perto da meia-noite. Sempre fora assim e só agora percebera, ou ela queria ser vista? Um dia ela entrou, e foi direta, com o dedo em riste:

"Você nunca me chamou."

Renê teve vontade de dar um soco bem no meio do narizinho arrebitado da boneca (já fizera isso uma vez, numa traveca folgada e bêbada que não queria pagar a hospedagem, mas a encrenca foi tão grande que quase todos foram para a delegacia, inclusive seu Afonso), mas segurou o ímpeto e tentou ser polido.

"Desculpe, eu não chamo, não gosto deste tipo de coisa."

"Você é um mentiroso, um hipócrita, eu já vi a biscate da Kelly, aquela boceta fedida, sair várias vezes daqui."

Agora a coisa havia se complicado. Realmente, ele sempre chamava a Kelly para os hóspedes, pois, além da comissão, ela honrava a palavra boquete, com muita suculência. Mas, além de tudo, Kelly era uma loiraça, e que loira, e mulher.

"Enquanto você não me chamar, eu venho aqui todas as noites, escutou, todas as noites."

"Escuta aqui, quem você pensa que é? Pra vir aqui e falar desse jeito comigo, no meu trabalho..."

Copi tirou o sapato de salto alto do pé esquerdo e jogou com toda a força e rapidez no peito de Renê, e um estalo encheu o saguão do hotel. Quando se preparava para revidar, o segundo sapato foi direto na testa. Pá!

"Seu merda! Quem eu penso que sou? Sou Copi, escutou, Copi!"

A baixinha correu descalça e Renê foi atrás de gelo.

M.

Assim caminhava Balneário Camboriú: novembro e início de dezembro chegavam os estudantes, na maioria argentinos, com seus cabelos Rolling Stones década de sessenta, bebendo caipiras de cinco litros, vomitando como leprosos. Meninas num quarto, meninos no outro, e enquanto os professores dormiam havia sangue de cabaço por todos os lados. De 15 de dezembro até 15 de janeiro, era a vez dos brasileiros atacarem: casais e famílias imensas chegavam com estardalhaço. E a muvuca nas ruas da cidade era tamanha que era quase impossível caminhar pela avenida Brasil, um verdadeiro shopping a céu aberto. O som, os sons. Carros com os volumes no máximo. Sim, Balneário Camboriú era uma cidade para pessoas de médio a alto poder aquisitivo, mas quem disse que essas pessoas têm bom gosto? Bregário Camboriú, este foi o apelido que Copi deu à cidade. De janeiro a março, brasileiros, argentinos, paraguaios, chilenos e uruguaios deslizavam até a cidade, afoitos por uma água mais quente. Em maio, os "jubilados", os cabeças-brancas, os aposentados argentinos, transformam a cidade num asilo, para a alegria das farmácias. Água, água. Os chuveiros são o portal dos recepcionistas, a chave para a entrada no mundo dos hóspedes. O primeiro banho do turista é sempre o panorama do mundo do hóspede, pois eles sempre chamavam para ajustar o chuveiro, e os recepcionistas invadem seu mundo privado.

Sentimos seu cheiro! Imaginamos que cor tem sua calcinha, sua malcomida, como será seu mamilo ou as pregas do seu cu, ou quanto seu marido tem na conta bancária. Ou quantos chifres você já botou no seu marido. Você está viajando porque quer ser feliz por uns momentos ou quer fingir ser feliz por uns momentos ou quer mostrar para os outros que pode ser feliz por uns momentos. Você quer. Ele quer. Nós queremos.

N.

A primeira vez que Renê viu uma biblioteca que não fosse num órgão público foi no apartamento de Copi. Ao lado da porta havia uma estante abarrotada de livros, e Renê achava aquilo engraçado, pra que serviriam livros para um traveco, pensava (mas não dizia). Até que soube da trajetória de Copi: do nascimento em Las Heras, na província de Mendoza, até o curso de jornalismo em Buenos Aires, onde caiu na noite portenha. O estágio como assistente de *El Clarín*, as tentativas de seguir os caminhos da escrita e seu retorno para Mendoza. E, por fim, a coragem de fazer o que achava que devia fazer.

0.

Copi apareceu com uma caixa de alfajores Havanna nas mãos. E Renê imediatamente pegou o taco de beisebol que guardava embaixo da recepção e apontou para ela.

"Vou te arrebentar, você vai ver onde vai parar sua cabeça."

"Que galo, hein, lindão? Vim selar as pazes."

"Que mané paz, eu quero distância de traveco, ainda mais de você, vaza, senão vou te arrebentar, ó!"

"Você parece um rato, lindo, um rato assustado, vou te chamar de Ratón."

Ela deixou a caixa de Havanna no chão e foi embora. No dia seguinte retornou com uma garrafa de vinho na mão, ele levantou o taco, ela deixou a garrafa.

E durante uma semana ela insistiu, com presentes diários, até que um dia ele não levantou o taco, mas colocou os sapatos dela sobre o balcão. Estava domesticado.

P.

"O que foi, meu filho? Que carinha é essa?"

"O que é o amor, mama?"

"É algo difícil de definir, talvez nem seja para definir..."

"Não entendi!"

"Nem eu entendo, filho, nem eu..."

E tomou sua xícara de café.

"Mama..."

"O que foi, filho?"

"Por que as pessoas morrem?"

"Bom, morrem de ataques do coração, velhice, doenças..."

"Quero dizer, o que é a morte?"

"A morte? O coração para de bombear o sangue... O sangue não chega ao cérebro... Tudo para... E é isso."

"É assim? Você morre e desaparece do mundo?"

"Não, não é bem assim; tudo o que você fizer vai ficar, seja de bom ou de ruim, fica, a lembrança de tudo o que fez, de você como pessoa, vai ficar, você vai viver na lembrança das pessoas, de certa forma..."

"As pessoas vão, ficam as lembranças? É isso? Mas é tão pouco..."

"Às vezes é muito, meu filho, é muito..."

"E a alma? O que é?"

"Não existe alma..."

"A tia Esperanza disse que existe..."

"Algumas pessoas conseguem viver mais facilmente se acreditarem que existe..."

"Eu acredito, a professora Verônica sempre reza antes de começar sua aula... Por nossas almas..."

"É isso que andam te ensinando na escola? É? Deixa só eu pegar essa professora... Escuta aqui, isso não é conversa de criança, não, e no café da manhã ainda..."

E o garoto sorriu, e nem imaginava que muitos anos depois seu nome de guerra seria Copi.

Q.

Enquanto Copi, sofregamente, segurava o pincel, dois raciocínios a assustavam: o primeiro era de que havia muita palavra no mundo, muito mais do que gente.

E o segundo de que o que nos liga ao passado, a memória (que rege essas inúmeras fantasias eletivas que chamamos de lembranças) empalidece ao sinal do primeiro desejo.

R.

"Quando você se transformou..."

"Nisso?! Nessa coisa?"

"Não foi isso que..."

"Há duas maneiras de lidar com o desejo: ou você apaga com o extintor, que é o que as pessoas geralmente fazem, ou você deixa o fogo se alastrar. Eu resolvi me incendiar."

"Mas você tinha um bom emprego..."

"Um bom emprego? Jornalista? Em Mendoza? É tudo prostituição, meu caro, tudo, uns vendem o corpo, outros a cabeça, alguns seu tempo, é tudo putaria, todo mundo dá o cu."

"E a sua família?"

"Travesti não tem família, ao menos de onde eu venho, não mesmo."

S.

"Você conhece Sebastián Hernández?"

"Não."

"Tem certeza?"

"Sim."

"E Copi, conhece?"

"Quem quer saber?"

"Precisamos conversar com o senhor, pessoalmente."

E a voz no telefone tornou-se um eco distante.

Copi cortou seus dois pulsos com uma gilete, e, segundo a polícia, demorou horas para morrer. O pequeno apartamento estava impecavelmente arrumado, sem sinais de bebidas ou drogas (o que realmente era estranho, vindo de Copi, que sempre tinha um baseado na boca e um teco na comprida unha do mindinho da mão direita).

Todas as suas roupas estavam passadas, dobradas, e milimetricamente arrumadas em duas grandes malas, que repousavam em cima de sua cama. Nas duas malas havia um post-it rosa, da Hello Kitty, ambos com o nome de Renê em letras maiúsculas e com o telefone do hotel e turno embaixo. Na lixeira da cozinha estavam alguns dos seus contos e o início de um romance, todos rasgados, amassados, e salpicados com sangue. Parecia que Copi havia brincado de Pollock ali na lixeira, dava para perceber alguns movimentos contínuos e circulares que ela fez para alcançar aquele efeito. Renê estava naquele estágio entre a irrealidade e a incredulidade, como se aquilo não fosse com ele, mas sim com qualquer espectador passivo, como se estivesse assistindo a um filme ruim. Mas isso não era tudo, havia o envelope, claro, o envelope pardo grande, no bidê ao lado da cama, com o nome de Renê escrito com canetinha vermelha. É claro que lá não estava uma carta de despedida, Copi não era esse tipo de pessoa. Ali estavam seus poucos poemas, a fotografia da menina no trilho do trem e sua série de fotografias e textos sobre a solidão. E um bilhete dizendo: "A Polaroid é para você, Ratón, está embaixo da cama."

Renê segurou a foto da menina no trilho e não conteve as lágrimas: lembrou daquela tarde, havia duas semanas, em que estava sentado na cozinha de Copi tomando um Malbec que ela trouxera de Mendoza, e como ela parecia eufórica, feliz e radiante naquela tarde. Era injusto que estivesse morta agora, mas o que é a justiça? É coisa de homens, não de deuses, nem de travestis.

"Ei, Ratón, lindinho, você ferrou com sua camisa, tá fodido, olha aí."

"Putz, mais uma, essa vão descontar, de certeza, semana passada eu rasguei uma na porra de uma farpa na porta lá em casa."

"Espera aí, já volto."

Quando retornou jogou a fotografia da menina no trilho do trem em cima da mesa. E, com uma câmera na mão, tomou de um gole só sua taça de vinho cheia, deu uma gargalhada estridente e disse:

"Ratón, vou te contar uma história."

"Mais triste que as minhas?"

"Não, né, chega de tristeza, tá?"

"Certo, que seja engraçada."

"Não sei se é engraçada, e também não é bem uma história, mas é coisa minha, é algo que gosto muito, quero falar, falar, falar, olha bem a foto."

"Maneira no pó, Copi, isso vai te ferrar ainda... Bonita a foto, você que bateu?"

"Sim, fiz com uma Polaroid da década de setenta, que comprei por uma ninharia numa feira em Buenos Aires. Essa aqui."

"Muito legal, posso bater uma foto?"

"Está sem filme, querido, preciso comprar."

"Nunca tinha visto uma dessas".

"Você é um bicho do mato, Ratón, nunca viu nada, não sabe de nada."

"Sou um merda, né? Só porque não li o monte de livros que você leu."

"Não, Ratón, você é um coitado, mas tem sorte."

"No quê?"

"Em ter uma amiga linda como eu! Hahaha!"

"Linda, mas com uma cenoura no meio das pernas."

"E que cenoura, olha aqui! Hahaha."

"Copi, deu, né, eu não gosto dessas coisas.

"Está bem, está bem, chega."

"Vai contar a porra da história ou não?"

Copi encheu a taça, virou novamente, limpou os lábios e deu mais uma gargalhada. Renê nunca a vira tão feliz.

"Vamos lá, agora vai. Fui atender um cliente no norte do estado no ano passado, um cliente fiel, um alto executivo de uma grande empresa que me come ao menos uma vez por mês. Grisalho, cheiroso, com pegada, sabe, picudo, sempre..."

"Copi, sem detalhes."

"Certo, vamos lá. Ele vem, fica umas duas horas comigo, mete até esfolar, e volta pra casa, e eu acabo ficando no hotel de um dia para o outro. Aí descanso, durmo e saio para longas caminhadas, pra manter este corpinho, mas sempre levo uma pequena mochila e nela minha Polaroid. E numa dessas minhas caminhadas errantes vi uma cena inusitada: uma menina sentada, pensativa e chorosa, nos trilhos do trem. Imediatamente tirei a máquina da mochila e clique, foto. Confesso que tirei a foto rapidamente, um tanto envergonhada, pois sabe-se lá o que poderiam pensar desta pobre boneca, batendo fotos de meninas na rua. Mas voltemos ao instante da fotografia, este instante que é descolado da própria realidade, é uma captura do tempo, um congelamento, o mais próximo que podemos chegar da imortalidade. E sempre voltamos à imagem, cada vez que ouvimos uma palavra, alguém nos conta algo, nossa imaginação fotografa tudo, é a fotografia das palavras."

"Copi, a história..."

"Perdão, Ratón, me empolguei. Lembro de uma vez que passei de ônibus pela BR 101 no sul do estado, num fim de tarde, e vi uma senhora com dois filhos pequenos acendendo velas em cima do trilho do trem. E aventei que tipo de tragédia poderia ter acontecido com essa família, e tive a certeza do poder de uma imagem, pois passei a viagem toda com essa cena, e até hoje ela martela minha cabeça. Tá, chega, tô viajando... Mas e a menina, por que a menina estava chorando?, eu me perguntava. Ela estava realmente chorando, ou apenas triste, distraída, entediada, esperando que alguma coisa acontecesse, nem que fosse a bronca da mãe? Tive vontade de dizer um: 'Oi, tudo bem? Cuidado com o trem, deve estar chegando'. Era uma maneira de descobrir algo mais, ver seu rosto, mas com certeza ela estava vacinada contra estranhos, com a máxima 'nunca fale com estranhos'. E, como gosto de imaginar o futuro das pessoas, enquanto continuava minha caminhada, tentei imaginar o futuro dessa menina sem rosto, sem voz. O que será da vida dela? Que profissão terá? Se casará? Terá filhos? Você sabe do que estou falando, muitos de nossos sonhos não se concretizam; alguns, sim, outros caem num caminhão de merda, e essa é a natureza da vida, ganhar e perder, nascer e morrer, caminhar e correr, dar o cu e comer, hahahahaha..."

"Copi..."

"OK, Ratón, OK... Nunca mais vi a menina no trilho do trem, mesmo passando todos os meses pelo local. Ela não me viu, eu não existo para ela, mas a fotografia que fiz e o tempo que passei pensando nela fizeram um movimento, e são uma lição: de que para os outros somos um conjunto de imagens, de memória, fotográfica ou não. Pois, quando morrermos, restarão as fotografias, e as cenas das pessoas que nos viram, que presenciaram nossa existência. Que merda de filosofia de botequim, hein, Ratón! Você arrumou uma amiga que além de uma cenoura tem neurônios! Hahaha."

"Não entendi, essa é a história da fotografia que você bateu ou um discurso? Isso está parecendo um discurso... Deixa eu te contar uma história de verdade..."

"Não, Ratón, não, você só tem história ferrada, não quero, hoje estou feliz e quero falar, fica quietinho aí... Pois então, durante um bom tempo eu fiquei namorando aquela fotografia, tentando entender aquele instante, e saía para passear aqui na orla e levava a fotografia comigo, ficava pensando na fotografia, sentava nos bancos aqui do calçadão e fitava o mar, a foto, o mar, a foto. Aí percebi que mais solitária que a menina da foto eram os bancos, as porras desses bancos duros à beira-mar, sempre desertos, em que você gela as duas bolachas da bunda no primeiro segundo que senta. Você não vê mais as pessoas namorando na rua, quase não vê o beijo, o afago, aquele abraço prolongado. Apenas o mecânico e desgastado andar de mãos dadas. Os adolescentes ainda se beijam ardorosamente, ficam pendurados um no pescoço do outro ou mesmo partem para um amasso de proporções godzillescas. Mas e os adultos? Os bancos das praças e praias, principalmente dessa merda de praia suja aqui do centro, se transformaram num lugar de descanso e observação, onde se espera acabar o sorvete para continuar a caminhada, ou onde dá para espiar os carros passando, ou onde se mata tempo. Cadê os beijos nos bancos? Aqueles que nos deixam sem jeito, que dão inveja? A paixão, essa vermelha e ardilosa lei da natureza, que fez com que eu e você estivéssemos aqui hoje, que fez com que nossos pais sentissem algo carnal, químico ou metafísico um pelo outro, está expulsa da vida pública. Nos permitimos exibir nossos carros, a porra desses tijolões, os celulares, mas temos vergonha de fazer um carinho, dar um beijão prolongado na nossa companhia em plena rua. É o claro isolamento do afeto, do toque, do gesto. É uma espécie de ausência que torna todas as ruas de todas as cidades um pouco fantasmas, já que elas deixaram de ser o palco das expressões humanas para ser apenas um trajeto. As ruas, que já foram significado de liberdade e revolta, hoje significam medo e violência. Está difícil até para nós, que somos crias das ruas. Ausência, esta é a palavra. O afeto não é mais público, ninguém se importa mais com o afeto, das pessoas, das coisas, das árvores. Eu sei que você não está entendendo, Ratón, você é a porra de um caipira lá do interior, mas..."

"Ei, eu estou quase dormindo aqui, virou pastora do beijo? Vai pregar o beijo como salvação?"

"Não, Ratón, você é burro, mas tem bom coração, o que é melhor do que ser esperto e sacana... E, se fosse para pregar algo, eu pregaria sobre dar a bunda, que é gostoso e faz bem, hahaha.... Tá, eu paro, não faça essa cara enojada, me escuta, hoje eu quero falar, só eu falo, eu já escutei as tuas choradeiras por dias e dias, agora me escuta..."

E a unha direita mergulhou no saquinho branco aberto em cima da mesa e voltou ao nariz.

"Onde eu estava, ah, as fotografias, a ausência vai permeando tudo. Somos a todo instante impelidos para ela, para fugir do contato humano. Televisões invadiram todos os espaços: rodoviárias, aeroportos, bares, academias e escolas. E nós não olhamos mais para as pessoas, mas sim para as telas. E elas dizem que não devemos mais conversar, e sim olhar para a tela. Não devemos mais olhar para os pássaros, para as árvores, para as pessoas, mas sim para a tela. É uma troca, do real pelo virtual. Onde vai parar essa porra? E essa troca é também ausência. Não preciso nem dizer que alguém está lucrando com isso, a todo momento. Não duvido de que alguns anos os celulares se transformem numa espécie de televisão. E na ausência, nas telas, vão-se os enamoramentos, vai-se a paixão, e fica um vazio enorme dentro do nosso peito. Te falei que eu quebrei minha televisão? Esse lixo! Joguei ela no chão, a vaca..."

"Copi, daqui a pouco tenho que ir, combinei com a Maria..."

"Psiu, quietinho, vais me escutar até o final, a Maria espera, a gatinha espera, se não fosse eu você nem estaria com ela, você sabe, te dei mó força pra você segurar esse ciuminho idiota..."

"Certo, mas conta logo a porra da..."

"Então tá, olha, a foto da menina no trilho passou a ser meu amuleto, meu amuleto da sorte, eu levo a foto para todos os lugares que vou. Se apanho ou me maltratam, eu tenho minha foto, eu tenho a menina. E ela me despertou a paixão pela escrita, não aquela porra de escritura que eu fazia, de sentar e copiar meus ídolos, de sentar e me achar escritora, de achar que eu tinha algo a dizer. Foi a fotografia que me mostrou o que é literatura. E quando passei aqueles três meses na Itália, no ano passado, lembra, dando pra italianos picudos e lindões? Visitei um parque maravilhoso na Toscana, e ele estava tomado por algodão: no chão, nos arbustos, nas ruelas, algodão voando ao vento. As árvores-de-algodão espalhadas pelo parque propiciaram este espetáculo e parecia um campo de sonhos, o verde do parque salpicado pelo branco do algodão, e eu me senti num sonho ou num quadro impressionista. O parque estava quase deserto, e toda aquela cena parecia ter sido desenhada pra mim. Imediatamente comecei a bater fotos, dezenas delas. Depois, no hotel, passada a euforia, namorando as fotos, uma delas me chamou a atenção. Um pneu, solitário, descansando numa das árvores-de-algodão, cercado por centenas de flocos alvissareiros de algodão. E aquela fotografia me pareceu tão cheia de possibilidades e metáforas, imaginei tantas coisas, criei pequenas histórias a partir dela, e gostaria de repetir mais uma vez aquele instante. E passei a fazer isso, criar histórias a partir das fotografias. Criei várias, dezenas."

"Que bacana, você já pensou em fazer um curso de fotografia?"

"Quietinho, Ratón, quietinho, só escute, apenas escute, está tão difícil as pessoas escutarem... Ah, com essas fotografias entendi o papel da fotografia na vida das pessoas, o quanto ela é humana e qual sua relação com o ego. A fotografia quer capturar um instante, quer aprisionar o tempo, cada clique quer imortalizar um segundo. Mas para quê? Para servir ao ego, claro. Para que possamos ver este instante a hora que quisermos e mostrarmos para quem quisermos. Para dizer: 'olha, veja como eu vi este momento.' É para repetir o momento fotografado quantas vezes quiser, é para competir com a vida, ultrapassar a vida. E isso torna a fotografia mais humana ainda, pois ela nasce de um desejo humano de se reproduzir enquanto imagem, de permanecer. Sei que parece filosofia barata, e do que eu entendo mesmo é sentar numa pica e mexer, mas eu cheguei lá, eu entendi o que é a literatura. Escrever é fácil, entender é que é foda!"

Copi abre mais uma garrafa de vinho, dá mais uma unhada no saquinho.

"E hoje a fotografia é uma espécie de sentido, talvez o sexto ou sétimo sentido, e não é à toa que todos os celulares e os notebooks e qualquer porra vêm com câmeras fotográficas, pois elas tornaram-se indispensáveis: num mundo saturado de informação como o nosso, as fotografias são uma espécie de segunda memória, é para lá que você corre quando quer lembrar os melhores momentos de uma viagem, de seu casamento, de sua família, do fim de semana.

Eu não sou fotógrafo, não domino e nem estudei as técnicas de fotografia, nem tenho bons equipamentos fotográficos, tenho a minha Polaroid e uma imensa vontade de dar o rabo, hahahaha."

"Vai começar, eu vou embora..."

"Não, toma mais uma taça comigo... O que me move para a fotografia são as similaridades com a literatura. A fotografia quer congelar um instante, e a literatura, recriá-lo, e ambas têm essa capacidade de permitir uma outra visão das coisas. Meu interesse pela fotografia começou justamente para tentar entender um pouco mais os processos literários; afinal, criar e contar histórias é desvelar imagens. Gostou dessa, hein, Ratón, sou foda, né, toca aqui..."

"Acabou?"

Copi desabou na cadeira, respirou fundo, e continuou, mas agora melancólica.

"Eu não consigo mais escrever sem as fotografias, eu só consigo escrever se tiver fotografias, estou presa. Tudo que eu já escrevi é puro lixo: contos de merda, a porra de um romance, estou presa. Fiz também dezenas de textos baseados em fotografias, mas só uma série dessas me parece verdadeira, sincera."

"Mas você me falou que estava fazendo uns poemas."

"Sim, tenho alguns poucos poemas, claro, são fotografias em palavras, é diferente, mas poucos se salvam."

"Mas ao menos você está escrevendo, não é? Aliás, não sei por que vocês escrevem, ninguém lê isso. Por que você escreve essas coisas?"

"Eu preciso me entender."

"Mas você já não ia naquele psicanalista viadão?"

"Não é isso, não é isso..."

Copi vai até o quarto e volta com uma pasta, e mostra para Renê uma série de fotos coladas numa folha sulfite A4, e embaixo das fotos há pequenos textos.

"O que você vê aqui?"

"Fotos e textos?"

"Não, Ratón, solidão, cara, solidão. Eu encontrei algumas coisas mais solitárias do que eu."

A SOLIDÃO DAS COISAS

Embora não saia na imprensa (que nunca costuma divulgar estes dados), o maior caso de suicídios de objetos é justamente o dos ponteiros de relógio (quantos relógios você já viu parados?). Desprezados pelos humanos (que sempre olham apavorados para os ponteiros), e também pelo tempo (que insiste em engolir tudo que encontra), os ponteiros simplesmente não aguentam a tirania das horas e saltam para a eternidade.

Não há lugar mais solitário que um bar de hotel, por mais cheio que esteja. Todos ali estão exercitando sua solidão. E você não pode chorar, não pode gritar, você tem que sorrir e fingir que não está chicoteado pela solidão.
Num bar de hotel, você é apenas você.

Um marcador de páginas nunca sabe qual será seu destino após o término de um livro: o lixo ou outro livro? Depende do humor do leitor. De uma coisa os marcadores têm certeza: seu destino é sempre definido de forma passional, pois nenhum outro ser é tão volátil e suscetível às intempéries do humor quanto um leitor. E só resta ao marcador deslizar página a página, e não há tristeza maior (um serrote intermitente) do que nunca saber seu destino. Contam os mais sábios, aqueles marcadores que passaram por dezenas e dezenas de livros, que, quando se morre, no Paraíso dos marcadores de páginas, não há leitores.

O que é um pé, solitário, num corredor de ônibus? Ele não está na boca de ninguém, prenunciando o gozo, tampouco no chão, na escravidão do caminhar, nem mesmo chacoalhando embaixo da mesa, na prostituição do trabalho. Está só, coberto por uma manta de tecido sintético, tal qual um homem qualquer se cobre com o cobertor. Mas um cobertor não esconde a solidão, o choro: só o frio. O corredor não significa nada para o pé: neste instante, o corredor não tem sentido para o pé, que balança sobre ele, zomba. Este pequeno instante, este rasgo cênico, é simplesmente a menor e mais inédita peça que Beckett não escreveu.

Uma cruz sem rezas, uma cruz sem fiéis, uma cruz no topo de um morro quase inacessível, uma cruz em qualquer lugar. Dizem os moradores de Nova Trento, reduto católico de Santa Catarina, que todas as noites as cruzes da cidade choram: um lamento contínuo, algo indefinido, não é parecido nem com o choro das crianças nem com o de cachorros acuados. É um choro de madeira mesmo. A solidão de uma cruz é severa, pois nem Deus tem pena.

Nenhuma ponte é tão solitária quanto a Hercílio Luz, em Florianópolis. Desativada há anos, observa todos os dias a massagem que os carros, caminhões, ônibus e motos fazem nas suas duas primas e vizinhas, que ligam o continente à ilha de Florianópolis. Usada apenas como cartão-postal, a ponte se pergunta todas as noites quando chegará o dia em que, finalmente, vão destruí-la, pois não há dor maior que o da impossibilidade. Dizem os locais que Cruz e Sousa, que morreu vinte e quatro anos antes do início da obra da ponte, teria escrito trinta e sete sonetos sobre uma ponte metálica que morderia a ilha todas as noites. Descontente com os sonetos, atirou-os ao mar, justamente no local em que a ponte foi construída.

Há solidões a dois, pensem no triste quadro de uma mochila (longe das costas recheadas de pele, músculos e ossos, muitos ossos) ao lado da lixeira vazia (amargando a tola ausência do seu alimento, o lixo). Elas choram, a lixeira e a mochila, e bem que a mochila poderia abraçar a lixeira, mas nem uma nem outra sabem que podem, sim, que podem. Um abraço, só um abraço, assim como a morte abraça a vida uma vez, uma só, na história de cada animal.

Um corredor vazio é como aquele grito engasgado, de um estupro ou de uma morte violenta. É algo horrível, emparedado. Presidentes de alguns países proíbem corredores de ficarem sozinhos e pagam largo soldo para que soldados marchem dia e noite (finalmente uma utilidade para o exército) nesses corredores. A solidão dos corredores é a mais perigosa das solidões, pois é largamente contagiosa.

A maior mentira já criada foi a de que tecidos, e suas estruturas mais complexas, as roupas, são como segundas peles, o que pressuporia um pouco de humanidade, e até cuidado. Mas ambos são afogados, quase queimados, encarcerados em armários, tudo para servir de adereços para seus carcereiros e torturadores. Mas cada tecido tem um consolo, o de que o inferno é comandado por tecidos que queimam sem parar.

Os espelhos estão condenados a refletir até que se quebrem em grãos ou sejam cobertos por algo. Esta é uma solidão diferente, a de ter que refletir ininterruptamente o que está à sua frente ou atrás, é o abandono de si. Diz a lenda que Italo Calvino conseguiu criar um espelho que refletia sentimentos em vez de imagens, mas o espelho sempre se partia e não foi aprovado pelas autoridades competentes.

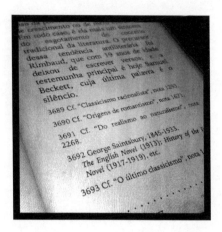

Um rodapé é o band-aid do texto, a moldura da tela. Milhares de editores, em todo o mundo, caçam rodapés com suas escopetas de DEL diariamente, e estima-se que em cinquenta anos os rodapés desaparecerão dos livros ou serão relegados às prisões acadêmicas. Na Croácia, rodapés neuróticos fugiram do final das páginas e finais de capítulos e invadiram textos, arbitrariamente. Você já ouviu o choro de um rodapé? Garanto que não há nada mais triste.

Dentre todas as solidões, a do nocaute é a mais dilacerante. Cada vez menos pessoas são nocauteadas, e os nocautes ficam num limbo, esperando, às vezes eternamente, uma chance de se materializar. A Bíblia é clara ao dizer que para cada homem haverá um nocaute. Um soco no queixo, um chute na cabeça. Um punho que chega, um punho que sai. E Deus guardará um lugar especial no céu para cada nocaute, os verdadeiros excluídos.

Numa pesquisa de invisibilidade social, os rejuntes de pisos cerâmicos e porcelanato foram apontados como os verdadeiros párias. Ninguém os percebe, ninguém os elogia. E, embora não possam ser ouvidos pelos precários ouvidos humanos, cada rejunte canta, todas as manhãs, uma música triste e arrastada, na esperança de que, enfim, Nietzsche mate os homens.

De todas as placas de trânsito, a de proibido estacionar é a mais odiada, sem sombra de dúvida. O que poucos sabem é que nenhuma placa de proibido estacionar nasce assim. As placas de proibido estacionar são penitentes reincidentes, e que foram, em outro estágio, placas de indicação de velocidade ou de aviso de lombadas, por exemplo, que cometeram algum crime grave. Mas nada pode ser mais triste que a placa de um cemitério de placas.

Um pino de alarme de incêndio é a coisa mais solitária que existe: ninguém quer tocá-lo. E quando o tocam é algo tão rápido, tão violento: em poucos segundos alguém o pega e o joga contra um pequeno vidro, e ele fica lá, sozinho, agredido (muitos pinos morrem em decorrência de traumatismos), pendente, usado. É como se sente nosso corpo, quando morremos: abandonado. Na Suméria, os corpos se rebelavam contra seus antigos donos e, quando as pessoas morriam, saíam dançando e cantando.

Não se espantem se certo dia todos os pinos de incêndio do mundo resolverem dançar.

Um ginásio de esportes vazio é a maior obra de arte de todos os tempos. Símbolo máximo da coletividade e da competição, o esvaziamento dos ginásios, ou melhor, o tombamento deles, a partir de 2040, significou que finalmente a arte havia vencido o esporte, nesta batalha que durou milênios. E quando Goethe, cego, no leito de morte, gritou "Luz, luz", na verdade imaginava um ginásio vazio.

Sartre, em seu pretensioso e ignóbil pseudotratado da melancolia, em nenhum momento se permitiu entender todo o sofrimento de uma lata de cerveja alemã, que cruza um oceano em navios que lembram navios negreiros, latas amontoadas, sujeitas ao frio e ao calor, e chegam ao Brasil (terra de fanfarrões, onde ninguém leva nada a sério, nem mesmo coisas importantes como a cerveja), para cair na boca de gente de cabelo espetado que nunca ouviu falar em Goethe. Sartre, seu impostor.

As sombras carregam uma maldição eterna, sombras serão sempre sombras. Não são como, por exemplo, o plástico, que uma hora se deteriora e adere ao ambiente. Uma sombra, quando adere a algo, é justamente a uma sombra maior. E esse não é o grande problema de uma sombra, mas sim o trabalho escravo. Sombras trabalham ininterruptamente, e nos enganamos quando achamos que enquanto dormimos, por exemplo, a nossa sombra descansa. Não, ela está sempre lá, pois sempre há luz, mesmo na escuridão.

Os telefones públicos, os populares orelhões, amargam a exclusão completa, imposta pela popularização dos celulares. Pesquisas indicam que 78% dos orelhões consomem entorpecentes. Eles tornaram-se um grave problema social, pois é provável que mais da metade deles caia na indigência. Em todos os cantos do país é possível vê-los, sempre sozinhos, cabisbaixos e tristes, à espera de um milagre.

A ducha higiênica ou sanitária, ou simplesmente lava-cu, como fala o Pereira, sofre todo tipo de preconceitos no país da celulose. Todos olham com desdém para ela, e fazem um affe enquanto esfregam o papel poroso no precipício entre as nádegas. No Brasil, país em que os índios chacoalhavam suas partes para lá e para cá antes de toda essa matança civilizadora-cristã, economiza-se água para o rabo à custa de árvores. Isto diz muito sobre nossas relações com a natureza.

Há imagem mais insólita que a de uma pizza, inteira, sobre uma mesa? Ela sabe que será devorada, e, mesmo assim, sorri para seus algozes. Você imaginaria algo parecido na natureza humana? Seria como se a virgem pudica sorrisse para o estuprador fedorento ou o atropelado agradecesse ao motorista imprudente. A pizza sabe que será esquartejada, triturada, e mesmo assim se mostra vistosa, alvissareira e cordial. Uma pizza é um gesto de renúncia, um exemplo.

A ponta de um baseado amarga todos os tipos de sofrimento. Alguns minutos antes, ela existia em partes independentes, a seda de um lado, o fumo de outro, e da relação sexual dessas duas partes, estimuladas por mãos ágeis, nasce por fim o baseado, este suporte da imaginação. Borges, num momento descontraído, teria dito que os baseados são extensões da imaginação. Mas María Kodama interrompeu a entrevista, e alterou a frase, botando bibliotecas e livros na parada.

POESIA COMPLETA DE COPI

Duas cambojanas nuas
leem
James Joyce
Mas o que elas
gostam
mesmo neste
Lance é o suave
odor que sai
Da boca
De cada uma

Um cheiro quente
de
boceta.

Na bunda de um tucano
é
possível perceber
toda a
gravidade
da
gravidade
da
condição
humana.

Ninguém
me disse
que
era
fácil
aprender
a sofrer.

Toda
palavra é
um
poema em ponto morto.

No fim,
é só o fim.

Já fui um marinheiro chinês sodomita
num barco ébrio russo
e vi peixes maiores que minha desgraça
morrendo sem água no convés insalubre do
Capitão Rushkin.

Eu me borrei naquele ano em Chinatown
enquanto ouvia uma música que dizia
morra morra morra.

AS FANTASIAS ELETIVAS

T.

Mãe, sou escritora. Gostaria de escrever coisas alegres, engraçadas: que qualquer pessoa pudesse ler e soltar um sorriso. Que você lesse e me ligasse: "Filha, gostei muito do teu poema que li no jornal, maravilhoso." Mas só escrevo coisas tristes ou incompreensíveis, sobre morte, sexo, gente que sofre, os rancores do mundo, e nem tenho leitores (Ratón, talvez você tenha razão, para que perder tempo escrevendo se ninguém lerá?). Sou só um traveco contador de pequenas histórias sem sentido. Então não se preocupe, mãe, meu legado será o que fiz com a bunda, e não com a caneta. Dirão assim: essa mexia, essa mexia. Mãe, sempre quis te dizer uma coisa: escritores escutam estas vozes, estas inúmeras vozes, estes personagens que se criam do nada, de uma referência ou cena qualquer. Trabalham com a empatia, se colocam no lugar dos outros, sentem a dor dos outros, sabem onde está a imagem, no que se desdobra uma imagem. O problema é que, quando a nossa própria imagem se desdobra, você enlouquece. Também sou esquizofrênica em meu corpo, em meus quadris, e você nunca entendeu. Sou louca de corpo. Não se preocupe, mãe; essas palavras vão para o lixo, vou amassar, queimar, e jogar as cinzas no lixo.

"Por que você escreve este tipo de coisas?", você diria, se falasse comigo. Porque eu preciso, mãe, porque eu preciso me distender. Acho que os escritores, os de verdade, são aqueles que procuram na palavra aquilo que não encontram na vida. Escrever não é divino, é humano, é triste. É uma criança numa piscina de bolinhas: a criança não sabe por que está lá: gosta, fica, brinca, é divertido. Mas chega uma hora que ela começa a estranhar as bolinhas, o cheiro de plástico, a escuridão quando mergulha, e começa a se cuidar, teme perder o tênis, o bico, e estranha o propósito de estar ali. Nenhuma criança quer morar numa piscina de bolinhas: é um lugar de felicidade transitória, de alguns momentos iluminados, que depois se tornam sombrios (lembra aquela vez que tive um ataque de pânico numa piscina de bolinhas, mãe?). O escritor passa pelo mesmo processo, da diversão ao iniciar um texto para a tormenta, para a turbulência de terminar e de se desapegar de um texto. Mãe, sou escritora; sinto muito. Uma vadia que já nasceu melancólica, alguém que gosta da solidão, do silêncio, da reflexão. Sinto muito por ter sido tão quieta, espero que me perdoe por todas as palavras que não disse.

U.

Renê guardou a série de fotografias e textos sobre a
solidão, e os poemas de Copi, junto com suas pastas de
documentos pessoais. Nunca mostrou para ninguém, a
literatura de Copi seria de um leitor só, uma só solidão.
Já a fotografia da menina no trilho do trem foi emoldurada
e pendurada na sala, com um fundo branco. E, certo dia, o
pobre Renê comprou um filme Polaroid no camelódromo
em frente à igreja Matriz, e começou a bater fotos.
E descobriu que há coisas piores que a solidão.

V.

Uma vez, apenas uma vez, ela teve a sensação de ser observada, e teve vergonha ou medo de se virar, sentiu alguma coisa, mas não se virou. E, quando olhou para o lado, viu uma moça com uma mochila, caminhando, de costas. Levantou-se e continuou seguindo o trilho do trem.

W.

"Recepção. Boa noite. Renê."

"Boa noite..."

"Pois não, senhor. No que posso ajudá-lo?"

"Vocês têm, como chamam mesmo, ah, um book ou
telefones das acompanhantes na recepção?"

"Não, senhor, nosso hotel não tem esses serviços. Posso
ajudá-lo em alguma outra coisa?"

"Você conseguiria uma pizza?"

"Claro."

X.

"Acabei me acostumando com a vida nos hotéis. O silêncio das quatro paredes, os olhares curiosos dos recepcionistas, a impessoalidade de tudo: você é apenas um número, o do seu quarto." Disse certa vez um hóspede para Renê, que fingiu um sorriso.

Ele trabalha no mesmo turno e no mesmo hotel desde aquela época. Ainda pode ser chamado de Mister Álcool.

Y.

E Renê não soube lidar com Maria, nem com Cláudia ou
Márcia ou Tássia ou Samantha. E certo dia rabiscou algo
assim num pedaço de papel:

Não consigo
Não posso
Não mereço
Não sei
Não tenho
Não sonho
Não amo
Não choro mais

Copi ficaria orgulhosa.

Z.

"Ei, Ratón, você confia em mim?"

"Claro, claro, você é minha amiga, porra..."

Renê chacoalhou a cabeça, achando engraçada a pergunta, fechou a porta e foi embora. Copi sorriu, satisfeita, e fitou a porta por uns instantes, deixaria a porta de fora, perdoaria as entradas e saídas, pensou. E começou a acariciar as paredes.

Este livro foi composto em Arnhem 10/15 e Ostrich Sans
e impresso no Sistema Digital Instant Duplex
da Distribuidora Record de Serviços de Imprensa S.A.